ESCAPADE AU POULIGUEN

SEPTEMBRE 1880

ESCAPADE AU POULIGUEN

SEPTEMBRE 1880

Enfin, je suis assis ; les poches bien garnies
De livres, de tabac, mes plus douces manies ;
Un repas de malade en gueule du vieux sac,
Et bagage au-dessous, pressé de bric et brac ;
L'hôtesse du logis, hors de route tracée,
Peut vaguer de la folle à la sage pensée.

Mon Dieu ! le pitoyable état que de souffrir !
Va, me dit Delamarre, essayer de guérir ;
Dilate tes poumons au souffle maritime,
Et reviens près de nous mener la vie intime ;
Nous te verrons moins vieux d'esprit, sinon de corps.
L'espoir joint à ce vœu, roulons vers d'autres bords.

Mon lit est retenu chez un naturaliste
Dont la Science inscrit le nom sur mainte liste.
L'homme, simple ouvrier par l'étude élevé,
Dans son cadre local est peint par Legouvé.
Si nous ne déraillons, à deux heures, j'espère
Voir et féliciter notre nouveau confrère.
Je serai présenté par l'ami Dubochet ;
L'ami... c'est le mot seul qu'il reçoive au guichet.

A parfaire une histoire ils fourniront leurs notes,
Et, les faits précisés, nous recevrons les votes ;
Il s'agit de fixer ce point contentieux
Où viennent se heurter des auteurs sérieux :
L'espèce *Bélia* sera-t-elle restreinte,
Ausonia formant une espèce distincte ?
Concevez le débat, gravement disputé
Entre *Belia*, type, et sa variété ?

    C'est l'avancer trop loin, ramenons notre vue.
Je distingue les toits du hameau La Cohue.
Letourneux et Lloyd ouvrirent de grands yeux
Découvrant *Vigneronne* exilée en ces lieux ;
Hélice rarissime, ailleurs de haute vogue,
N'a reçu de Caillaud l'honneur du catalogue.
En juin soixante-neuf, sans avoir déjeuné,
Nous accourions ici, le bec enfariné ;
Notre guide, Renou, de sa parole experte
D'*Hélix Pomatia* fixait la découverte.

    Et l'anguille... comment ! je furette toujours.
Le docteur Henry, mort, j'attends nouveau secours.
Je faisais le dehors ; lui, fouillait les entrailles ;
Je restai bras croisés devant ses funérailles ;
Notre labeur, privé d'intelligent appui,
Microscope et scalpel rentrèrent dans l'étui.
Où trouverai-je un aide, une main qui les tienne ?
En aveugle je marche, et quête... — Saint-Etienne !

    Ici, c'est de Mont-Luz ; là des Grès ; cent façons.
Comment illuminer les diverses leçons ?
Nous avons assez près, *Etienne-de-mer-morte*,
Pour *de malâ morte*, chiffonnés de la sorte.
Miches de Saint-Etienne est pour jeter le dé
Au premier des martyrs, qui mourut lapidé.

Ce beau nom, dérivé de *stéphané*, couronne,
En Tiennot travesti termine la colonne.

Donges ! — Le vieux clocher, coiffé tout de travers,
A vu Lambert s'éteindré en murmurant des vers.
Repose en ton berceau que la terre recouvre ;
Revis en ma mémoire, en tes livres qu'on rouvre.

Je pense, pour en rire, au canal latéral.
Quel fut donc de Lesseps l'audacieux rival
Qui conçut le projet, en folle perspective,
Sous le poids d'un milliard d'effondrer cette rive ?

A l'étier de Méans ! *majora canamus.*
Des érudits y voient le *Brivates portus.*
Cette position semble la plus sensée ;
Après tout, elle reste encor controversée.
Comme la question n'est à l'ordre du jour,
Je reviendrai plus tard la plaider à mon tour.

En gare ! Secouons ; nous laisserons nos ailes
Rivaliser encore avec les hirondelles ;
A peine si l'on a l'instant d'éternuer.
Bonjour de cœur, Buchet, sans plus vous saluer ;
Sur les rails de l'État nous glissons, cher vicaire,
En tournant notre queue au port de Saint-Nazaire.
Grande ville, aujourd'hui ; naguère, petit bourg,
Où Jean d'Ust, capitaine, élevant sur la tour
Son illustre bannière aux armes de Bretagne,
Bravait les capitans de *l'Armada* d'Espagne.
Saint-Lesaire est le nom que portait ce castel ;
L'expliquer ? c'est se mettre en tête un lourd martel.
Lazare est proposé, sans heurter à vingt portes ;
Paraît-il mieux choisi que ceux des autres sortes, .
Tels, *Nasart*, nez d'Arta ; *Naoz'ere ?* ... Un pointé
Met le doute devant cette difficulté,

A savoir comme N. L. ont pu, changeant de face,
Courtoisement céder l'une à l'autre sa place ?
Seul exemple connu, si vous l'admettez bon,
Castellum Nantonis, traduit Château-Landon.

Un causeur, mon voisin, me chatouillant l'épaule :
« Le sable se vend cher, en cet endroit, *La Baule...* »
La Baule, dernier mot que je sus retenir,
De *Rosa baltica* réveille un souvenir ;
Je ... le sifflet strident déchire les oreilles ;
Nous fuyons Escoublac et sa part de merveilles.

Pouliguen ! Je descends ... on m'arrête soudain ;
Mais ce sont des amis qui me serrent la main.
Après tous compliments, souhaits de bienvenue,
Je monte, pars ; eux tous vont sur semelle nue.
Leurs noms, Bion, Dubochet, Chevillard et Prié ;
Hommes de cœur, instruits ; ensemble bien trié.
Ma personne, qui garde une apparence verte,
Voyage incognito sous le nom de Laërte.
Enfin, par leurs bons soins je me vois installé ;
Et chacun se retire, au devoir appelé.

Chantonnant mon refrain, De l'ordre, il faut de l'ordre,
Dans mes bribes je prends quelques miettes à mordre.
La *Pension bourgeoise* offre à diner trop tard ;
Peu manger, mais souvent, est règle de vieillard ;
J'ai voulu changer d'air, non changer de régime.
On ne tient compte ici de la vieille maxime.
Pour ce monde mêlé les plaisirs sont sans loi ;
Chacun veut plaire à tous, et ne penser qu'à soi.

Je marquai mon début de muette prudence.
Le hasard ... j'aime mieux dire la Providence
Aligna mon couvert près d'une dame en deuil ;
De son père, un ami, j'ai suivi le cercueil !

Que sert aux survivants de pleurer ou de geindre ;
Le même sort les presse, et leur feu va s'éteindre.
La rencontre imprévue, augure de bonheur,
Imprima de la verve à ma timide humeur.

Si je parle à moi-même en fesant ce glanage,
Poussons, sans qu'on l'écoute, un cri sur mon ménage.
Je voulus m'allonger le lit était trop court !
Dans pareil cas, j'ignore à quel Saint on recourt.
De dormir des deux yeux mon attente trompée,
Je tâchai d'attraper des vers à la pipée.
Sur un lit de Procuste être mis aux abois !
Non : de l'humanité j'invoquerai les lois ;
Au lever du soleil, je formerai l'instance.
Et l'on me fera droit sans nulle surséance.

Passée en vains loisirs la vie est moins qu'un jeu.
L'utile emploi du temps, que je pratique un peu,
De divers agréments colorera mes heures :
Je verrai, *Belia*, les champs où tu demeures ;
Je verrai d'amis chers le nombre s'augmenter,
Heureux trésor du cœur où l'on prend sans compter.
Le Pouliguen n'a plus son bonnet du village ;
Quel changement d'aspect, de mœurs et de langage !
L'auberge est inconnue, où madame Lacroix
Nous servait des dîners à nous lécher les doigts.
Restent en souvenir quelques pignons sur rue ;
Par un secret ressort la place s'est accrue :
Eglise, hôtels, châteaux, couvrent le premier plan ;
D'autres s'allongeront jusqu'au moulin *Codan*.
Si mon vœu s'accomplit, j'irais à la *Govelle*
Créer près de sa source une France nouvelle ;
Mon esprit pourrait-il, soufflé par son lutin,
Gauchir la mappemonde et forcer le destin ?
Ne nous égarons pas sur ces douteuses routes.

La maison de Prié se distingue entre toutes :
Balcon, bois découpés en forme de chalet,
Animaux demi-bosse, entassés pour l'effet ;
Ce lustre, j'ose dire un peu trop fantaisiste,
Vous décèle aisément le musée et l'artiste.
Cette maison, enfin, a sa célébrité ;
Et son maître a conquis le droit d'être cité.
Entre les documents que me prête mon hôte,
Dans un double cahier, je trouve, côte à côte,
Des savants, dont le nom jouit d'un grand crédit ;
Baissant le nez, je passe ; un nom reste inédit.

Piqués de l'aiguillon, nous marchons aux mystères
Restant à pénétrer chez les Lépidoptères.
C'est entre chien et loup : Dubochet nous conduit ;
Son zèle a tout prévu ; l'arbre est de miel enduit ;
La scène, au fond d'un breuil ouvert par privilège
A l'Ordre des Chercheurs, qu'un maire instruit protége.
Je suivais en traînard le maître lanternier.
Les arbres inspectés du premier au dernier,
Nous restâmes quinauds ; la mortelle gelée
A détruit tout succès de chasse à la miellée.
La pipe nous console ; assis sur le gazon,
Nous voyons Jupiter monter de l'horizon.
Si la nuit conseillère, au travers de son voile,
Permettait de choisir la merveilleuse étoile
Où de chacun de nous le destin s'accomplit,
Nous penserions bonheur... allons l'attendre au lit.

La foule,.. brouhaha ! Pêle-mêle... aventure !
Le Pouliguen gorgé débouche sa ceinture ;
Trois partent ; six venus cherchent, le nez au vent,
Où la cruche s'emplit, où le sommeil se vend.
On ne saurait montrer, dans cette mascarade,
Une âme langoureuse, un breveté malade ;

Mais pour Dupuis, et moi, fesant, bien entendu.
Notable exception ; car le temps a mordu
Si creux leur peau chétive, et la plaie est si grande,
Que c'est à cloche-pied, quand ils vont à l'Offrande.
Après soixante hivers, ils se donnent la main ;
Le reste du bonheur est de dire, A demain !
Mon séjour fut marqué de surprises pareilles.
Prié me tire à part, et me dit aux oreilles :
Deux amis, que vos yeux ne reconnaissent pas,
Désirent vous parler. Ils étaient à deux pas ;
Je franchis le premier, Dupuis faisant de même,
Nous échangeons le mot, et, dans sa joie extrême,
Me présente à Peccot. Là, nous pûmes tous trois
Eparpiller des fleurs sur les jours d'autrefois.

Le quai, comme il est dit au précédent chapitre,
Encombré de forains : le banquiste et son pitre,
Chevaux de bois doré, loterie à gros lots,
Etalage en bonbons, et mille bimbelots.
De ce tableau mouvant où le diable a main-forte,
Je tâche à m'échapper, et rencontre à la porte
Le tambour, un proscrit, ne battant plus aux champs ;
Et l'hydre mendiante, escorte des passants.
Du festival de Batz tous ces cosmopolites
Affluaient, en prêtant la queue aux parasites.
Le Pouliguen entrait dans ses jours de gala.
Par crainte de glisser de Charybde en Scylla,
Loin de ces faux plaisirs, fuyons sur les Garennes ;
Nous y pourrons aussi recevoir nos étrennes,
Voici que Dubochet m'explique une leçon
Sur *Belia*, ses mœurs, son étrange façon
De pailleter d'argent sa toilette de noce,
Suivant qu'elle se montre ou tardive ou précoce.

Laërte !... Le facteur cria mon nom si haut

Que tout le voisinage en fit le soubresaut.
Je suis Laërte... en vain ; refusant de me croire,
Il fallut de Prié le serment décisoire.

L'ami cher, Lichtenstein, pense que mon *Apis*
Est un *Megachile*, le *centuncularis* :
« Consultez Réaumur, sa voix n'est pas trompeuse ;
« Et tout ce qu'il écrit de l'*Abeille coupeuse*
« Offre un vif intérêt ; puis, vous rirez surtout
« Du jardinier de Rouen, conte à dormir debout.
« Je pars, ajoute-t-il, et je mouille ces pages
« Discourant du fléau qui détruit nos cépages.
« La première des lois oblige de lutter ;
« La vie est à ce prix, nous devons l'acheter. »
Cette autre... de Lloyd. En lui je trouve un homme ;
Juge, je donnerais à sa *Flore* la pomme *.
Goûtons ce qu'il m'envoie... il était tard d'ailleurs
Pour surprendre au travail nos insectes tailleurs ;
Nous avions vu les nids où la progéniture
De miel roux, embaumé, mesurait sa pâture.
Chaque pot d'auricule est mis sous le boisseau ;
Quand fleurit le rosier fleurira le berceau.
Excellents ces avis...j'aime la botanique,
Mais je suis trop chenu pour les mettre en pratique.

Ma petite Huguette, à l'œil d'émerillon,
Echangeait ses baisers, de l'or pour du billon ;
Aux miens, comme parfum, j'ajoutai des oranges ;
Elle en faisait sa joie avec trois autres anges.
Morris, leur père, et moi, sentions nos mains s'unir
Par sympathique attrait, qu'on ne sait définir.
Voisine, du voisin se rendant la complice,
Lui confia, bien bas, que, par certain caprice,

---

* *Flore de l'Ouest de la France,* par M. James Lloyd, 3ᵉ édition, 1876.

Sous le nom de Laërte, absent de l'almanach,
Je poursuivais Hygie, en soin de l'estomac.
Dès l'heure, la gaîté, rompant le froid usage,
De tous les commensaux dérida le visage.
Si la raison trouvait ses passages ouverts,
Les bons mots échappés complétaient nos desserts.
Pour ne pas me soumettre à la trotte qui mode
Je laisse *citoyen*, bien placé dans le code,
Et *monsieur*, en courant reste souvent perdu
Au fond de l'encrier, ou, mieux, sous-entendu.
Aux moments où l'esprit s'épanchait de la source,
Allons, me dit Morris, êtes-vous de la course ?
Je vais copier Batz, aidé par le soleil.
Il me confie un ange, et charge l'appareil.

Rien de changé depuis mon ancienne visite ;
On n'y meurt pas, je pense, ou l'on y ressuscite.
Sur un refus des clés le siège est entrepris ;
L'escalade franchit les antiques débris ;
Suivant mes compagnons vingt grimpent à la file ;
Je reste au pied des murs, crainte de faire gille.

Une femme me guigne, et me tient en arrêt ;
Tout au long la légende est contée au benêt.
A peine a-t-elle mis un terme à sa harangue
Qu'un incrédule Non ! lui fait mordre la langue.
Libre, j'ouvre l'église, empressé de pouvoir
Au fils de sainte Gwen rendre un pieux devoir.
J'imite, par ce soin, les féminines âmes ;
Aucun saint ne reçoit d'elles plus de réclames.
J'essaie à pénétrer la cause de leur vœu,
Et me montre discret en désirant si peu.
Je rejoignis Morris, fixé sur une roche.
« Vous êtes reconnu, dit-il, à mon approche.
« Par cette dame, assise... allez au rendez-vous. »

J'y suis.; et prends la main de madame Baudoux.
« Vous me voyez changée ; on m'a fait trois fois morte ;
« Mais le portier du ciel m'a refusé la porte.
« Et vous ; et nos amis ?.... » Je demeure isolé ;
J'ai dit mon *In manus* devant saint Gwénolé.
Les amis de notre âge ont encombré la route ;
Attendons le rappel, la solennelle absoute.

La sœur de Letorzec habite ce lieu haut.
Letorzec explora l'Egypte avec Caillaud ;
Dans les tombeaux des rois ils osèrent descendre ;
Des siècles primitifs interroger la cendre.

En wagon. Récemment, je lisais ce bon mot,
De la part de poète un simple coup d'ergot :
« Son *parablamafla*, dit en riant Malherbe,
« Tombe en bruit de fléaux égrenant une gerbe ;
« Des Yveteaux blâmant *m'a la pla* de mon vers,
« Pense-t-il que les siens de myrtes soient couverts ! »
Des Yveteaux disait, pour rimer avec âme,
« Non il n'est pas d'amour comparable à ma flamme. »
Dans nos menus propos, permettez de glisser
Une remarque propre à vous intéresser :
Monsieur Pain, *sit nomen benedictum*, possède
Un livre vieux et rare, et pour l'âme remède ;
Bréviaire illustré ; bijou broché d'argent.
Vous serez pour le voir plus que moi diligent —
« C'est mon affaire ! » — Au soir, les serviettes pliées,
Les langues, à l'envi, se trouvant déliées :
« Prié ! Quel nom.... chez lui, vous dormez et vivez ;
« Puis-je, sans trop oser, dire que vous pouvez
« Faire à mon grand désir connaître sa personne ?
« S'il se gratte parfois quand son oreille sonne,
« C'est qu'alors Legouvé nous entretient de lui.
« Happons l'occasion bien offerte aujourd'hui. »

Entre-tems, j'allai voir, sous ma constante égide,
Un marin dont la vie au calme se dévide.
Sous prétexte de vente il sait donner ses fruits ;
Amis de ses amis au grand merci réduits.
Capitaine, quel sens a le mot *Amer ?* — « Marque,
« Que le pilote observe en dirigeant la barque. » —
La grande Académie (elle est mon arc-en-ciel)
Se trompe, l'inscrivant sous forme de pluriel.
Capitaine, avez-vous, en Turquie et Syrie,
Vu des moulins à vent ? — « Aucun ; mais, je vous prie,
« Pourquoi telle demande ? » — En voici la raison :
Un de mes bons amis a la démangeaison
D'amasser les vieux mots, hors du commun usage,
D'en chercher la valeur par scrupuleux pesage.
Le *Routier de la mer*, sous le grand roi François, [*]
Quelques titres encore, offrent *moulin turcois* :
Justement les moulins virant sur cette côte.
Pour expliquer *turcois*, nous demeurons en faute.
L'escalier-baromètre étant interrogé,
L'homme digne, excellent, nous délivra congé.

Les qualités du cœur, préférables à toutes,
Distinguent Dubochet (il n'est pas aux écoutes),
Parlant à moi, d'ailleurs, je parle vérité ;
Il va, pour le régal de son ami gâté,
Sur *les Impairs, l'Even*, capturer les crevettes.
Jamais il n'a mangé des pêches qu'il a faites ;
Ce trait m'est affirmé par d'augustes sermens ;
Bien mal seraient venus à dire que je mens.
Dindenaut aurait moins vanté sa marchandise,
Tant j'élevais hors prix la rare friandise.
Soigneux de tels présens, je fesais, avec art,

---

[*] Le grant Routtier, pillotage et ancrage de la mer, par Pierre Garcie, dit Ferrande, de Sainct-Gilles-sur-Vie. Ouvrage composé en 1483 ; imprimé en 1520.

Pour ma petite amie une plus grande part.
Un soir il arriva qu'au sortir de la table,
Troublé par trop de joie, ou d'équilibre instable,
Je crus, vieux papillon, caresser une fleur ;
A quelques pas, j'entends : « Arrêtez ! au voleur !
« Un baiser à ma fille ! est-ce si douce chose ? »
Tâchant de m'excuser : C'était rose pour rose ;
Je le reprendrai donc. — « Encor ! pour vous punir...
« Ma fille a le baiser ; gardez le souvenir ;
« De même, s'il vous plaît de mignoter Huguette,
« Mignotez mes enfans sans que je le permette. »
Le bien-être, l'amour, débordaient de son cœur ;
Moi témoin, il disait : » Voici mon vrai bonheur »
Et triplait un baiser sur le cou de sa femme.
Trait digne d'inspirer un autre épithalame.

Allons, dit Dubochet, chasser dans le marais ;
Nous n'aurons, je le pense, à regretter nos frais.
Suœda Fruticosa nous offre une chenille,
Nouvelle pour nos yeux ; de nombreuse famille,
Mais, tribu, genre, espèce ?... ils restent en soupçon.
Le printemps répondra. Nous en fesons moisson.

Ouvrons notre courrier. Nantes, première épître,
De Biou : Gai début ; mais, pleurs en fin de chapitre :
A Saint-Michel-Chef-Chef, Goupilleau moissonné !
Sans égard, il a pris le pas sur son aîné.
Le cercle se resserre où vit le vieux Laërte ;
Oui, la porte du ciel lui reste encore ouverte.

La seconde... lisons ce que mande Baret...
« De l'Isle vous a vu ferme sur le jarret,
« Vers Batz et Penchâteau bondissant comme un lièvre.
« Croyons que Gwénolé vous a coupé la fièvre ;
« Que sa protection vaut mieux qu'aucun sirop,

« Et que vous reviendrez aussi gai que pierrot.
« Malades, médecins, ne gardent le dimanche ;
« A peine, pour le cœur trouvè-je une heure franche.
« Bons souhaits par la poste, embrassade au retour. »

La nuit, matin et soir, égratigne le jour.
Déjà de l'équinoxe ont disparu les bornes,
Et l'Automne quinteux menace de ses cornes.
Le terme est arrivé : la famille Morris
Nous fait de chers adieux, et rentre dans Paris ;
Epoux Guérin, leur fille, au meilleur sens mignarde,
Se séparant de moi disent : Que Dieu vous garde!
Huguette, amour enfant qui me fesait jaser,
Emporte sur son front mon humide baiser.
Je demeurais encore assis entre deux dames
Se plaignant que la barbe insulte au droit des femmes.

« Que nous oppose-ton ? quoi ! la maternité ! »
Croyez-vous que tout soit, dis-je, au hasard jeté ?
Tout est créé parfait et de divin génie ;
Les sexes sont un être, une sainte harmonie.
Une question simple à l'esprit redresseur :
Vous confesseriez-vous à *femme-confesseur ?*
Dieu pèse dans notre âme espoir ou pénitence.
Entre religieux et dévot, la distance
Me semble . très marquée ; on peut être à la fois
L'un et l'autre, il est **vrai** ; mais tout ce que je vois
M'oblige à distinguer la pensée et la forme ;
Les confondre, à mon sens, est une erreur énorme.
Je vis très ignoré, plein du respect humain ;
Le cœur à la patrie, à son drapeau la main.
Il reste à décliner ma dernière réplique :
Non ; je souffre de voir la France en république ;
L'homme par intérêt repousser la raison,
Et la femme oublier le soin de sa maison.

Leurs discours, adressés à mon expérience,
De l'indiscrétion n'avaient que l'apparence.
Egards, douce habitude, aussi franche gaîté,
Coloraient l'entretien de saine intimité.
Mères , jeunes encor, dans un chemin facile,
N'ayant jamais marché sur de glissante argile,
Elles voudraient, désir que n'ont même les rois,
S'enivrer de la vie une seconde fois.
Ce tableau du bonheur, s'il est complet, est rare.
Le dernier moment vient, et d'elles me sépare.
La *Pension bourgeoise* éteignait ses fourneaux ;
Les bandes s'envolaient comme font étourneaux.
Cette campagne, en bien pour moi s'est terminée.
Au revoir, me dit-on, dans la nouvelle année !
Pourvu par Dubochet d'un déjeuner tout cuit,
J'emporte les souhaits,... non ceux de bonne nuit.
Novissima trahens, multis æger curis :
« *Durate, et vosmet servate secundis.* »

P. G. — Ps. Laerte.

Nota. — Notre vieil ami Laërte a mis en oubli ce conseil de Molière :
« Il est permis d'être parfois assez fou pour faire des vers, mais non pour
« vouloir qu'ils soient vus. »